ぼくのみずうみへ
ようこそ

川嶋まこと

文芸社

―まえがきにかえて―

ぼくのみずうみへようこそ

ぼくのみずうみへようこそ！
いつでもきみを大歓迎

ただし、入って来る前
大声で呼んでね

水面を波立たせることできるのは
他でもない
このぼくだけ

欲しいものや憧れのもの
そう易々とは
手に入ってしまわないほうがいい
「のどから手が出る程欲しい」
なんて
渇望しているときが
至福のとき

「心臓」

心臓ばくばくの日々
たまにはキミにも暇をあげたい
ボクの体から飛び出して
たまにはゆっくり遊んでおいで
静かな秋の平日の海へ行って
命の洗濯しておいで
キミが帰って来る頃には
ボクのｈｅａｒｔもクールダウン…

「人類を分類」

歌う人　踊る人

魅せる人　　観る人

売る人　　買う人

与える人　　受けとる人

教える人　　教えられる人

しゃべる人　　聞く人

創る人　　壊す人

傷つける人　　いやす人

泣かせる人　　泣かされる人

どんな人に

なりたいですか

裸の夏、長袖の夏、それぞれの一度きりの季節

久しぶりに
姿現した、やる気という気
熱いうちに
鋳型にはめて
コンパクトなお守りにして
持ち歩くことにしよう

渦中にいたらわからないこと
渦中にいないとわからないこと
どっちもふたりに大事なことよ

恐縮ですが
切手を貼っ
てお出しく
ださい

112-0004

東京都文京区
後楽2−23−12
(株) 文芸社
ご愛読者カード係行

<table>
<tr><td>書　名</td><td colspan="4"></td></tr>
<tr><td>お買上
書店名</td><td colspan="4">都道
府県　　市区
郡　　書店</td></tr>
<tr><td>ふりがな
お名前</td><td colspan="2"></td><td colspan="2">明治
大正
昭和　　年生　　歳</td></tr>
<tr><td>ふりがな
ご住所</td><td colspan="3">□□□-□□□□</td><td>性別
男・女</td></tr>
<tr><td>お電話
番　号</td><td>（ブックサービスの際、必要）</td><td>ご職業</td><td colspan="2"></td></tr>
<tr><td colspan="5">お買い求めの動機
1. 書店店頭で見て　2. 当社の目録を見て　3. 人にすすめられて
4. 新聞広告、雑誌記事、書評を見て（新聞、雑誌名　　　　　）</td></tr>
<tr><td colspan="5">上の質問に 1. と答えられた方の直接的な動機
1. タイトルにひかれた　2. 著者　3. 目次　4. カバーデザイン　5. 帯　6. その他</td></tr>
<tr><td colspan="2">ご講読新聞　　　　新聞</td><td colspan="3">ご講読雑誌</td></tr>
</table>

文芸社の本をお買い求めいただきありがとうございます。
この愛読者カードは今後の小社出版の企画およびイベント等の資料として役立たせていただきます。

本書についてのご意見、ご感想をお聞かせ下さい。

① 内容について

② カバー、タイトル、編集について

今後、出版する上でとりあげてほしいテーマを挙げて下さい。

最近読んでおもしろかった本をお聞かせ下さい。

お客様の研究成果やお考えを出版してみたいというお気持ちはありますか。

ある　　ない　　内容・テーマ（　　　　　　　　　　　　）

「ある」場合、弊社の担当者から出版のご案内が必要ですか。

希望する　　希望しない

ご協力ありがとうございました。

〈ブックサービスのご案内〉

当社では、書籍の直接販売を料金着払いの宅急便サービスにて承っております。ご購入希望がございましたら下の欄に書名と冊数をお書きの上ご返送下さい。（送料1回380円）

ご注文書名	冊数	ご注文書名	冊数
	冊		冊
	冊		冊

ずいぶんこざっぱりしてきたね。近頃の君の頭の中も

獏様はひたすら夢を食べ続けたけれど
綾様はひたすら夢を紡ぎ続けるの。
だっていとへんの人なんだもの。
そう決まっているの。生まれた時に。

表面だけをすくう
僕の今までの生き方

本気で思うときがくるかな。

やわらかく、傷つきやすく、腐りやすい

何も言ってくれなくっていい
なぐさめの言葉もいらない

だけど、
ため息友だちは欲しいよね。

僕はね
無意味にこの丘にすわり込んで
うだうだしてるわけじゃないんだよ
何かがね、僕を待っているんだ
僕が何かを待っているだけなのかな
自信はないけどね
とにかく
この丘にじっとすわっていると
何かいいことが起こる気がしてくるんだ
ほら　現に
波打ち際の水着の少女
3秒後にはこの丘を見上げる

無傷でいられるワケがない　鉛筆だって削られていく。

郵便受けに向かう、
手紙が来てなくたって
今の自分はとても幸せ、
なんてイキがる
開けてみると
ＤＭひとつなく
キレイに空っぽ
でもさみしくなんかないもんね
（ちょっとくやしいけれど）

体全体を疲労という名のうすい膜で
覆いつくされてしまった
はあ　また気怠いため息ひとつ

すきと告げるスキもない　そんな一瞬のキスをちょうだい

腕はゴツゴツしていても
長くて丈夫な方がいい
人って生きものは時として
大きな翼をバサバサっと広げて

一番大切な人を
風雨や外敵から守ってあげたり
冷えきった体をだきしめて
温めてあげないといけないことがあるからね、
君はもう、そんな経験ありますか？
(あるとしたら…なんだかとても
うらやましいな…)

思い出しちゃうね　あの映画のワンシーン

空飛ぶ僕の夢の影

あなたの部屋は居心地がよくって
眠っているのがもったいなくて
かなり早起きしてみた
あなたの部屋は居心地がよくて
お風呂と床をピカピカに磨いてみた
それでもおさまりがつかなくって
たまった洗濯物の山に、3回くらい躊躇して
それから手をつけたけど少し後悔した
あなたの部屋は居心地がよくて
一度出ていったけれどもったいなくて
ごはんを食べたらまた戻りたくなった
あなたの部屋は居心地がいい
ついついしてしまう長居と昼寝

追い風よ　吹け、吹き荒れよ　この胸に

ずーっとみつめてるよ　きみのこと

今この一瞬一瞬が至福のとき、なんて思って暮らしてる人
この世に何人いるかなあ

「涙ぐもりⅠ」

今日は視界がぼやけていて
あの子の笑顔もベールがかかったまま
今日も変わらず笑っているかな？

「涙ぐもりⅡ」

今日は来ないのかな…

過去も現在も未来も愛せる、そんな人いたら
今すぐ私にお電話下さい。

あきらめないでね、そう彼女は言いました。
私もいつかはキラキラできる？

気づいてないだけ、幸せの兆候

ボクのかわいい相棒ちゃん
これから先もずっとボクのもの

数えきれない程の恋はいらないけれど
数えきれない程たくさんの
詩と歌とおいしい食べ物と
そしてあなたとの心地のいい時間
気持ちのいい疲労なら欲しいな

ときどきは
恋人同士に戻ろうね

二人のための
祝福のディナー
食いしん坊の君は
僕らへの花束まで
食い散らかしちゃったね
どうせなら
最後のひとひらまで、残さず
きれいに食べなさい
僕らのための祝福の花びら

心一つでは
何だか心細いので
テーブルを持っていくことにしました
あなたとわたしと
そして
犬二匹分の
イスといっしょに

きれいなコトバ、きれいなココロ
僕のココロは汚れていますか
やさしくなれる　やさしくなれる
僕はもっとやさしくなれる
君のアイできっとやさしくなれるはず
僕が何処へ行こうとも、
君の魂はいつでも僕についてきます
君の魂がときどき僕に教えてくれる
生きること　愛すること　笑うこと
君の魂は肩のりブンチョウ
ときどき僕をつっつきます
くすぐったくって、僕は君を追い払おうとします
君は一瞬体をすくめて、空中に舞い上がる
そうすると、何だか僕は、ジャンプして空中の君を
つかまえたい衝動に駆られる
すごく変な気持ち

でもこれってよくある気持ち

はい上がれ、はい上がれ、夢の階段に手を伸ばせ、

ああ　あと２０㎝

最後に恋したのはいつですか…

STRONG
CURRENT

そうとんがるのはよせよ
さっきから君のコトバは僕のやわらかなおなかに、
グサッ、グサッときいてるよ、
そんなにとんがってばかりいたらさ、
僕のおなかからは、やがて卵色した
クリームが飛び出すよ
それでも止めちゃくれないのかい？

夢を持っても持たなくても
人々に生活はついて回る
今日を笑うのも
明日を憂うのも
生活の中の同じ１コマ
ほらまた
隣の赤ちゃんが
むずかっている
今日の夕飯は
何にしようか…

煙のすきまにかすかな希望、明日のための今日の一服

「人間は島ではない」と言ったのは誰？

人間は島でもありません

どんなに居心地のいい住み家でも
夕暮れどきにはそんな気分になるものです。

ここらでちょっとひと休み　幸せまであとどれくらい？

FRESH ROASTED
COFFEE

人というやつは燃ゆる炎に目がないんだね。
犬の僕には苦手な分野…

見通しは明るいのかい？
暗いのかい？
君の表情は何も語らず
君の瞳は何も訴えて来ない
僕はただ、君のことが気がかりで、
不安の淵に放り出されたまんま、
生きているのかい？
それとももう死んでしまったのかい？
君の体からは何の気配も流れて来ず
僕はただ、固唾をのんで君のそば、
じっと目を閉じ、思い出そうと試みている
君との月日を
走馬灯に乗せて、
いつの間にか君は幾万の花びらを抱き
またあの日と同じ、ばら色の微笑

錯覚だったか
僕の漢字才能
昔は結構イケてると
自分じゃ信じていたのにな
錆ついちゃったか
僕の漢字才能
読みには自信あったのにな
小学校で“出納”が読めたぜ
使ってやんないと
脳ミソなんて
どんどん腐っていくもんかもな
使ってやんないと
心もたぶん腐るだろうな、
涙腺なんかがつまったりしてな、ハハハ

エンジェルを二人
胸に連れて
エンジェルを二人
味方につけて
今日も仕事へ出かけよう
昨日は何もなかった顔して

「いやだの神様」

やってきた
やってきた
またやってきただ
いやだの神様
おらのところへ
だっだっだっと無遠慮に
おらの背後に近づいてくる…
おらをはがいじめにし
おらからコトバを奪い去る
ああもう
おらは
「いやだ！！」しか言えなくなる…

きみのこと
心臓の表っかわに堂々と焼印しといたからね
会えなくなっても忘れたりしないさ、
外から見ても誰もわからないはずだけど、
ぼくの心臓は、まだひりひり、ズキズキ

人という字はこんなにもシンプルなのにね
シンプルに生きることはとても難しい
いろんなものに頼って
いろんな事柄に憧れて
いろんなモノを熱望して
いろんな事に失望する
人というのは
字で書くほどに
簡単な生き物じゃありません

あせらなくても逃げやしません

ことばであそんでいる時がいちばんα波の出そうな時間
でも、怠け者だからすぐにその事忘れる

歌え歌えと君たちがうるさいから
一曲歌ってみたまでさ
踊れ踊れとほんとは言って欲しいんだけどね
誰も言ってはくれないから
ときたま一人で踊ってみる
近頃は誰も歌えと言わないから
歌うことを思い出しもしないよ
こないだ一人で歌ってみたら
ヒドく音痴になっちまってた
そろそろ歌ってみないとなあ
そろそろ踊ってみせんとなあ
人生歌って踊ったもん勝ちだから

あっという間に過ぎていった
その一日は。
何も起こらず、誰も訪れず
あっという間に死んでいった
そのさみしい男は。
何も起こさず、誰も愛さず
そして誰かに愛された記憶さえないまま

お願いだから
このナイフ
この古ぼけて錆びついたナイフ
もう二度と使わせないでくれ
人の息の根を止めることすら
できなくなったこのナイフを…

通りすぎていく歌がある

一生ついてくる歌がある

全ては時間が
決めてくれるさ

あとがき

　恋人同士で、ご夫婦で、親子で、そしてひとりで、ぜひ、声に出して読んでほしい詩の数々です。詩は、声に出して読まれることではじめて命が吹きこまれる、そう信じています。

　どうか、これらのささやかな詩に、新たな命が吹きこまれますように。

Ｗｉｔｈ　Ｌｏｖｅ　著者

ぼくのみずうみへようこそ

2000年10月1日　初版第1刷発行

著　者　川嶋《かわしま》まこと
発行者　瓜谷綱延
発行所　株式会社文芸社
〒112-0004 東京都文京区後楽2－23－12
電話03-3814-1177（代表）
03-3814-2455（営業）
振替00190-8-728265

印刷所　株式会社フクイン

乱丁・落丁本はお取り替えします。
ISBN4-8355-0653-7 C0092